뻐꾸기는 숨어서 운다

뻐꾸기는 숨어서 운다

초판 1쇄 인쇄일 2021년 2월 10일
초판 1쇄 발행일 2021년 2월 15일

지은이 김무환
펴낸이 양옥매
디자인 임진형
교   정 조준경

펴낸곳 도서출판 책과나무
출판등록 제2012-000376
주소 서울특별시 마포구 방울내로 79 이노빌딩 302호
대표전화 02.372.1537   팩스 02.372.1538
이메일 booknamu2007@naver.com
홈페이지 www.booknamu.com
ISBN 979-11-5776-992-6 (03800)

뻐꾸기는
숨어서 운다

石雲 김 무 환 지음

책낡무

시집 머리에

흔히 현대시는 난해하다고 한다. 시인의 자아적 사고에서 이끌어 낸 압축된 언어들이기에 제삼자가 이해하기 어렵다는 것이다.

사실 시라는 것은 우리들의 일상에서 접하는 여러 가지 현상을 다양한 시각으로 표현해 내는 언어의 기술이라 요약할 수 있다. 따라서 훌륭한 시는 시를 대하는 독자들이 가급적 쉽게 해득하고 공감할 수 있는 언어로 묘사되는 것이 바람직하다.

본인이 접한 문인 중 가장 서민적이면서 쉽게 담아 갈 수 있던 시인으로는 백석 김기행(1912~1996) 선생이 손에 꼽힌다. 그는 향토적이고 서정적인 시 500여 편을 발표하였고, 쉽고도 간결한 표현으로 독자를 끌어들이는 매력적인 시인이다.

그의 시를 접하면서 나도 이런 시를 쓸 수 있을까? 아니, 시인의 흉내라도 낼 수 있을까 하고 반문하곤 했다.

뚜렷하게 자랑할 게 거의 없는 필자지만 뭔가 자꾸 표현해 내고픈 욕망이 많았음이 사실이다. 이에 본인도 평소 살아가면서 느낀 생각을 편안한 마음으로 표출하고픈 욕구가 생기면서 미천한 자질이지만 시집 한 권을 만들기로 마음먹었다.

그러나 시를 쓴다는 것 그것도 시집을 펴낼 수준에 이르기까지는 능력뿐만 아니라 많은 용기도 필요했던 것도 사실이다.

수년 전 수필집 2권을 내면서 책 말미에 맛보기도 끼워 넣었던 10여 편의 시와 그 후 틈틈이 습작한 30여 편을 엮어 어렵사리 자그마한 시집을 만들어 본다.

아마도 이 시집은 내가 책으로 만드는 마지막 작품이 아닐까 싶다. 나이도 나이지만 더 이상 뽑아낼 감성의 자산도 텅 비어 버렸으니 이제 손을 털고자 한다.

내가 눈을 감은 후 지인들이나 후손이 가끔 이 시집을 들여다보는 일이 있다면 이 또한 기쁜 일이 아니겠는가? 물론 내 자신이 볼 수는 없겠지만, 이 시집을 만드는 데 많은 격려와 도움을 준 분들이 많았다. 그들에게 깊은 고마움을 전하고 특히 늘 따뜻하게 깊이 챙겨 주는 출판사 대표 양옥매 님에게도 감사의 말을 드린다.

2021년 1월

차례

4부 _____ 추억의 뒤안길에서

5부 _____ 사랑 그리고
영혼의 속삭임

1부

황혼이 내리는 거리

무덤 속 길을 가듯

아스라이 사라지는 쓸쓸한 그의 뒷모습

젖은 눈시울 되어

이 가슴을 짓누른다

황혼

해거름 뒤로 두고
쉬엄쉬엄 탑골공원을 나선다
장사진 치며 허겁지겁 때운 점심 한 끼
허공 속 메아리처럼 흔적도 없고

반주로 나눠 마신 소주 반병이
아직도 뒷골을 쑤신다

무더위에 지친 엿가락 같은 전동차
바닷가 모래톱처럼 썰물 되어 사라진다

질곡(桎梏)의 세월은 빈 수레처럼
더디기만 한 먼 길

식어 가는 내 가슴은
미망(迷妄)의 늪에서 맴돈다

이윽고
석양에 물든 한강 위로
물구나무를 하고 달리는 네 모습
모처럼 경쾌하다

술 익은 내음이 코를 찌르는 경로석 한켠
때 이른 주당의 코고는 소리
새싹 이슬 머금고 몸 불린 죽순처럼
넉넉한 그의 콧등이 밉지가 않다

어디선가 귀에 익은 멜로디가 들리는 싶더니

드르륵
샛문이 열리고

지팡이를 앞세운
지친 영혼의 행진이 시작된다

무관심의 흔적이 겹겹이 쌓인
남루한 녹음기의 애틋한 절규

마지막 남은 지폐 한 장 만지작거리다가
문득 내일 품 맞이할 소주 한 병
떠올라 꼬깃거리던 손길 멈추고
짐짓 아무 일 없는 듯 두 눈을 감는데

무덤 속 길을 가듯
아스라이 사라지는 쓸쓸한 그의 뒷모습

젖은 눈시울 되어
이 가슴을 짓누른다

착각의 끝

지인들과 기원에 앉아
수담(手談)을 나눈 후

선술집에 퍼질고 앉아
막걸리와 코다리찜으로 허기를 채운다

취기가 오르고
배 속이 든든해지자

주변 식객들에겐 아랑곳 않고
주저리주저리 이야기꽃을 피운다

마침내
긴 술자리가 파하고

흔들리는 영혼을 가누며
덜컹거리는 지하철에 몸을 담는다

경로석에 앉아 눈을 감자
누군가 지켜보는 듯한 모호한 시선

잠깐 실눈을 하고
주위를 둘러보는데

알 듯 모를 듯한 가냘픈 여인
묘한 미소가 가슴을 두드린다

그녀는 누구인가?
옛 직장 후배 아니면 이웃했던 창식 엄마?

전혀 감이 잡히지 않는 여인의 정체
얼마 후 바람처럼 사라졌다

비몽사몽으로
한참을 견디다가

허겁지겁
집으로 발길을 옮긴다

가장 먼저 해야 할 일
후다닥 화장실 거울 앞에 섰다

순간 아연실색케 한 낯선 유령
맥 빠진 얼굴로 나를 노려본다

검붉은 몰골에 몽롱한 눈동자
입가에 남은 선홍색 자국 열린 채 미소 띄운 바지 지퍼
넋 잃은 듯 축 처진 바짓가랑이

어디
이것뿐이랴
남방셔츠 단추와 단추 사이
비집고 나온 두툼한 뱃살이 뻔뻔하다

아차!
화들짝 놀라 정신을 차리니
나를 설레게 한 그녀의 엷은 웃음
모호함이 아닌 헛헛한 냉소였음을…

절규

성난 수사자처럼 으르렁 으르렁
누군가를 집어삼킬 듯 달려드는 파도

「뭉크」가 묘사한 "절규, 기막히게 일그러진 공포"의 표정

이런 현상과 그림
진정 우리가 느끼는 절규의 모습일까?

딸내미가 밤새우며 녹음한 애절한 목소리는 이미 무너지고

이제 절규의 임계점을 넘고 있었다

"싱싱한 과일과 생선"
"텃밭에서 갓 내어 온 채소 왔어요"

간절한 외침으로 쉬어 버린 테이프는
뜨거운 햇살에 흠뻑 젖는다

가림막에 그늘진 화물차 바닥
숨 죽은 듯 누워 지쳐 가는 볼모들
해거름 맞이하며 고도한
절규 속에 몸을 뒤튼다

라디오

머리 밑에서 함께한
수십 년의 세월 끝에

너도 이제
주인을 많이 닮아 가는구나

간혹
버겁기도 한 나의 심장처럼

지지직거리다가
멈추기도 하는 너의 숨소리

내 가슴을 툭툭 치듯
너의 몸통을 톡톡 치면

다시 깨어나는
여릿한 생명의 박동 소리

아!
우리에게도 청춘이 있었지

때론 꿈속에서
마이클 잭슨과 춤을 추고

때론 밤하늘의 별을 지키며
「라이나 마리아 릴케」의 시를 읊기도 했지

머지않아
우리의 가슴에 어둠이 내리면

「트리오 로스 판초스」의 제비 노래
함께 부르며

두 손 꼭 붙잡고
먼 길을 함께 떠나자꾸나

얼어 붙은
손수레 바퀴

살을 에는 듯한 동장군의 기세에
얼어 붙은 손수레 바퀴도 길 위를 겉돈다

누가 이런 형벌을 내렸는가
하필 왜 그녀에게!

일흔을 훌쩍 넘어선 이 노년에
뜨끈한 라면 한 끼 허락지 못하고

노파는 오늘도 굽은 등을 이끌고
폐지를 주우며 이른 아침을 연다

그녀에겐 적어도 열흘치의 식량
라면 한 상자를 얻기 위해

뻐걱거리는 이 수레를 끌어야 할
처절한 이유가 여기 있다

쉴 새 없이 내뿜는 거친 숨소리
차가운 새벽 공기를 가른다

인근 나이트클럽
밤새 몸을 뒤틀던 청년들

말발굽 달리듯 우르르
지친 노파의 앞길을 막는다

어느 헛헛한 영혼의
아침 일상 엿보기

눈을 뜨자마자 벌떡
구겨진 바지 찾아 두리번두리번

지폐 몇 장 주섬주섬 챙기고
황급히 집을 나서 들른 곳

그곳은 길 건너 편의점
소주 한 병 새우깡 한 봉지

계산대 앞에선 그의 손이
부들부들 떨리는 순간

셈을 돕는 점주(店主) 표정
오늘 따라 마뜩잖다

간이 의자에 앉자마자
분주한 손놀림으로 소주병 뚜껑을 따다

후다닥
반병의 술이 입속으로 꿀꺽꿀꺽

마른논에 물 대듯
쪼르르 창자 속으로 스며든다

안도의 미소를 짓는 그의 입 언저리
불편한 경련이 부르르

담배 한 개비 입에 물고
메마른 입술을 태운다

머리는 핑 돌고
시름은 훨훨

마침내
남아 있던 반병이 술

흔적도 없이
그의 입속으로 사라진다

열반의 고통을 느낀 적 있던가?
그것은 차라리 뜨거운 희열인 것을

떨리던 그의 손과
떨림이 일던 그의 입술이 평온을 찾는다

아! 어디서 오는가?
짜릿하고 몽롱한 이 느낌은

그 누가 감히
선악을 말할 수 있나?

신이 내린 약수인가
자연이 보내 준 감로수인가

그는 가만히 눈을 감고
아련한 추억의 뒤안길을 더듬는다

아름다운 여인이 나타났다
이토록 숨통을 조이는 그녀는 누구인가?

손을 내밀며
야생화 만발하는 초원으로 이끈다

예쁜 레이스 장식 달린 하얀 드레스
그녀의 미모가 한층 빛을 발한다

구애를 노랫소리에 담은 이름 모를 새
왈츠 스텝을 이끄는 완숙한 리드

서투른 동작이지만
리듬에 맞춰 흥에 겨워하는 순간

돌부리에 걸려 발길이 꼬이고
잔디 위에 고꾸라진다

누군가 등을 툭툭
낯선 훼방꾼의 손길을 느낀다

"이제 그만 일어나시죠?"

"넌 누구야!"

깜짝깜짝

머릿속은 멍하고 배 속은 따끔따끔

주머니 속 부스러기 지폐가

그의 손을 이끌고 쇼핑에 나섰다

다시 마주친 점주와 객(客) 계산대 앞에서 부딪힌다

떨떠름한 주인

뻘쭘한 모습의 객(客)

상대에 대한 생각이 판이한 갑과 을

뜻하지 않게 일어난 의견 충돌

2부

걸으며 생각하며

폐지 줍던 백발노인

한가득 짐 싣고 삐거덕 삐거덕

젖은 솜처럼 몸은 무거워도

함박웃음 싱글벙글

적도의 철인(사이판 1986)

태양이 작열하는 「롱비치」 백사장
그는 오늘도 맨발로 뜨거운 모래톱을 밟는다

잘 익은 가재 등처럼
벌겋게 타 버린 메마른 육신

빛바랜 머리카락
시들어 버린 보리 잎새마냥 누렇게 지쳐 있다

그는
묻는다

신은 과연 존재하는가?
있다면 어디에 숨어 있나?

삶의 시작은 어디며
죽음은 또 다른 삶의 출발인가

사랑의 끝은?

미움의 시작은 어디서 오는가?

때론

하얀 포말은 이고 오는 거친 파도를 바라보며

때론

하늘에 걸린 조각구름 부르며 시를 읊는다

저 멀리 수평선 아스라이

철인이 바라보는 피안(彼岸)

삼킬 듯 달려드는 모래바람 맞으며

오늘도 철인은 말없이 모랫길을 걷는다

술꾼들의 궤변

그들은 술을 마실 때
늘 외친다

청탁(淸濁) 여부 불문
맑은 술이건 탁한 술이건 상관 않는다

금전(金箋) 여부 불문
돈이 있건 없건 일단 마시고 본다

주야(晝夜) 불문
술 마시는 데 낮과 밤이 따로 없다

남녀노소 불문
술 먹는 것에 남녀노소 구분이 없다

안주(按酒) 유무 불문
안주가 있건 없건 문제 삼지 않는다

오늘도 내일도

그들은 계속 이렇게 되뇌일 것이다

겁 없고

대단한 술꾼들이다

고전의 재조명

배우고 익히면
또한 기쁘지 아니한가

옛것을 익혀
새로운 것을 안다

소년은 쉬이 늙고 배움은 이루기 어려우니
짧은 시간이라도 헛되이 지나치지 말지어다

연못가의 봄풀이 채 꿈에서 깨기 전에
계단 앞 오동나무 잎이 가을 알리네

친구가 있어 멀리서 찾아오니
이 또한 기쁘지 아니한가

나물 먹고 물 마시고 팔베개하여 누워도
기쁨은 이곳에 있나니

얕은 물에 사는 물고기는
항상 갈증을 느끼고

인분 속 구더기는
깨끗한 곳으로 알지만 그렇지 않다

신체 머리털 피부는 부모로부터 받은 것
훼손하지 않음이 효의 시작이다

젊어서 고생은
돈 주고도 한다

남을 대할 때는
봄바람처럼 부드럽게
나에게는
가을 서리처럼 엄격하게

금과옥조 같은 이런 말씀들
오늘 이 시대에 대입해 보니

그때는 맞았지만
지금은 그렇지 못한 게 더러 보인다

파계(破戒)

예부터 나더러
하늘에서 내려 준 선물이라 했고

서양에서는
비단 벌레(silk worm)라 불렀다

알에서 깨어나
먹고 자기를 반복하다가

무려 이틀씩 네 번의 잠을 자고
다섯 번의 허물을 벗은 끝에

마침내 보금자리 섶 위에서
수백 미터의 실을 뽑는다

그 실은 나의 몸을 휘감고
인간들에게 빛나는 보은을 했다

이것은 누에가 변신을 거친
이른바 누에고치다

세상에서 가장 아름답고 부드러운 비단 옷감
씨줄과 날줄의 산실(産室)이다

그런데 언제부터인가
마지막 잠에서 깨어나자마자

누에의 꿈은
산산이 짓밟혀지고 말았다

고치의 여정을 막아 버린
마수(魔手)의 횡포로

내 본연의 임무는
막을 내렸다

잠에서 깨어난 나의 육신
악마들이 터널로 끌려가

긴 나락으로
떨어진다

하늘이 내린 은혜가
터무니없게 변질되고 말았다

깨우쳐 행동하면
문명도 앞선다

어릴 적엔
라이방은 멋쟁이가 쓰는 색안경

어릴 적엔
바바리코트는 부자들이 입는 비싼 외투

어릴 적엔
정종은 어른들이 마시는 귀한 술

어릴 적엔
오뎅과 우동은 가진 것 없는 자들에겐
도저히 넘볼 수 없는 진귀한 먹거리

어릴 적엔
미싱은 바느질하는 신비한 기계

어른이 되고 나서
알게 되었다

라이방과 바바리코트는
이태리와 영국이 자랑하는 유명한 상표

정종은
일본의 양조회사가 주조(酒造)한 청주 상표

오뎅은 어묵의 일본말
우동도 가락국수의 일본말

미싱은 일본인의 발음 미숙으로 태어난
엉터리 일본식 영어

머신이
올바른 표현

어느 나라건 내세울 게 많아야
민초들이 부유해진다는 걸 깨닫는다

뭔가를 일찍 깨우치고 행동하는 자가

앞서 나간다

국가건 개인이건

마찬가지 이치

우리 선조들의 걸작품 김치만이라도

지구촌 인류 모두에게 최상의 상품이길

누룽지

진작
배수진을 치고 있었다

격랑
요동 그리고 긴 침묵

마침내

동업자 간의 타협이 끝나면

각자 챙긴
전리품(戰利品)을 옆구리에 끼고

넌 네 갈 길을
난 내 갈 길을

무제

지난해 여름
올림픽 공원의 광활한 초원

바람개비 쇠붙이 기구의 굉음과 함께
무차별하게 난도질당하는 환영동물의 곡예

올여름
살아남은 자들이 터득한 생존 전략은

한나절이 걸린
시멘트 산책로의 피신

그 순간
까치 떼들의 잔칫상이 차려지고

바늘에 찔린 듯한 뜨거운 아픔에
시나브로 멀어지는 이승의 기억

내년 여름엔
어떻게 살아남아야 할지가

살아남을 자들의
꼭 풀어야 할 과제가 아닐 수 없다

길 위의 사람들

책가방 어깨 메고 재잘재잘 앳된 소녀들
화장기 얼굴 옷맵시는 어른 흉내
짝지어 걸어가며 종알종알
손바닥 마주치며 깔깔깔

고행 길 동냥 스님
가랑비에 장삼(長衫) 젖자
뻘쭘뻘쭘
중얼중얼

복권 번호 맞춰 보고
맥 빠진 중년 남자
종이 복권 갈기갈기
구시렁구시렁 투덜투덜

폐지 줍던 백발노인
한가득 짐 싣고 삐거덕삐거덕

젖은 솜처럼 몸은 무거워도
함박웃음 싱글벙글

아가씨 꽁무니 쫓는 빈둥빈둥 놈팡이
히죽히죽 살금살금 키드득키드득

유모차 탄 한 살배기
바깥세상 눈 굴리며
두리번두리번
옹알옹알

신호등 깜빡깜빡
부리나케 후다닥
시부렁시부렁
아저씨 발바닥 불붙었네

돌부리에 부딪혀
해장작 패고 만 털보 아재
너털웃음 껄껄껄
허허허 헛웃음

공원 벤치 주정뱅이
소주병 나팔 불며 시빗거리 찾다가
지나치는 연인 한 쌍 흘깃흘깃
주저리주저리 욕지거리

오늘도 붐비는 길거리
볼거리가 수두룩하다

의사소통

보슬비가 소리 없이 내리는
이른 아침

늙은 아비는
막내아들을 부른다

막내야!
거시기 집에 가서
거시기 빌려
거시기 좀 하고 오너라

얼마 후
땀에 흠뻑 젖은 막내

흙 묻은 신발
툭툭 털고

툇마루에 앉아

늙은 아비를 흘깃흘깃

3부

숲, 바람, 꽃
그리고 그들의 노래

춤추듯 내려앉는 꽃은 눈꽃 되고

바닥에 깔린 눈꽃은 꽃길을 이룬다

화사한 꽃길이 빛을 잃으면

해맑은 혼불 되어 허공을 떠돈다

노란 꽃 향연

꽃샘바람 몰고 온 봄의 전령
미소 머금고 살며시 찾아온 의젓한 개나리

노란 꽃잎이 노래하는 산수유 행진
봄이 왔어요 봄이 왔어요

너는 사람을 좋아하는가
이곳저곳 어디서나 반가이 맞아 주는 민들레 무리

겁쟁이 토끼와 따뜻한 이웃
푸른 잎사귀 마음껏 나눠
다소곳이 피어 있는
씀바귀의 넉넉함

사랑의 전설이 흐르는 들길 마음
눈부신 유채꽃이 춤을 춘다

무관심의 상징이 너였던가
모른 체 지나치지만 당신은 꽃다지

돼지의 몸통처럼 토실토실
넉넉한 꽃잎 나는 돼지꽃

바위틈에 숨어 사는 가련한 모습
목이 길어 지어진 이름 넌 기린풀

바람개비를 닮아서인가
물레나물꽃이 봄바람에 빙빙 돈다

이른 봄 먼저 싹을 내밀더니
더위를 만나자 얼굴 내미는 너는 비비추

둥실둥실 춤추는 나비 가족
장다리 노래 듣고 댄스파티

연인들이 싫어하는 노란 장미
오월의 첫 더위에 마지막 숨을 헐떡인다

그대는 천사인가 악마인가
꽃잎이 너무 커서
하늘을 볼 수 없는
고개 숙인 그대는 천사의 나팔꽃

무더위가 그리웠던가
땀에 찌든 내 마음 닦아 주는 별노랑이꽃

국화가 그리워지는 늦더위에
살짝 모습 보이는 금불초 넌 들국화 사촌

뜨거워야 살아남는 꿋꿋한 용사
염천을 견뎌 내는 해바라기의 함박웃음

서리 맞은 노란 국화는 기개를 머금고
기러기 한숨에 가을은 깊어 간다

도심의 가을 샛노랗게 물들인 은행잎 물결
나는 차라리 그대를 꽃이라 부르리다

숲속의 연주회

신록이 짙어지는 유월의 숲속 아침
그곳에서 가슴을 적시는 잔잔한 음악회가 열린다

먼저 서막을 울린 연주자는 산비둘기
애절한 목소리로 적막을 깨운다

떡갈나무에 몸을 숨긴 뻐꾸기도
부끄럼쟁이 꾀꼬리도 합주를 거든다

나도 뒤질세라 끼어든 검은등뻐꾸기
휘휘휙 휘휘휙 반주를 맞춘다

상수리나무에 앉아 숨죽이던 직박구리
구성진 음성으로 멤버에 화답한다

흰말채나무 아래 먹이 쫓던 장끼
특기인 심벌을 치며 대열에 합류했다

주둥이가 단단한 딱따구리
따르륵 따르륵 드럼을 치고

느티나무 둥지에서 새끼 돌보던 까치 부부
우렁찬 목소리로 동참을 하고

엄마 품 빠져나온 새끼 참새
고개를 갸웃갸웃 마실 나왔네

숲 건너 샛강에 노닐던 청둥오리 한 쌍
덩실덩실 춤추며 듀엣을 한다

잣나무 오르내리던 청설모
땅바닥 후비며 먹이 찾던 다람쥐
하던 일 멈추고
숲속 향연에 빠져든다

호숫가 대나무 밭 가족회의 하던 왜가리 무리
가장의 지휘 아래 합창을 하네

먹이 사냥 멈춘 사나운 들고양이
소나무 등걸 아래 엉덩이 처박고 눈을 감는다

음악 속엔 약자 강자 장벽이 없고
선과 악의 경계도 무너진다

낙화(洛花)

떨어지는 꽃잎 보며
너무 아쉬워 말라

춤추듯 내려앉는 꽃은 눈꽃 되고
바닥에 깔린 눈꽃은 꽃길을 이룬다

화사한 꽃길이 빛을 잃으면
해맑은 혼불 되어 허공을 떠돈다

영혼은 말한다
삶과 죽음은 같은 길에 있다고

단지
얇은 경계(境界)만 있을 뿐

밤이 깊어
달빛이 흐르면

저 하늘 구름 속 별 조각 떼어 내어
간들간들 나뭇가지 살포시 걸어 놓고

이승과 저승의 꽃잎들
뜨거운 사랑 나눈다

그들은
다짐한다

언젠가 다시 태어나
연초록 새싹으로 불쑥 돋아나리다

여름날의 바람

뜨거운 여름날
하늘을 오가는 바람이 분주하다

이런저런 모양의 구름을 만드느라
눈 코 뜰 새가 없다

어제는 새털 그림 그려 놓고
우쭐우쭐 뽐내고

오늘 오전
솜털 같은 구름 그리더니

오후엔
생선 비늘인지 조개 모양인지

해가 지자
하던 일 멈추고

스르르
잠에 빠진다

내일은
비를 몰고 올 면사포 그림 그려 볼까?

신부의 얇은 드레스처럼
새하얀 하늘을 만들어야지

초원이 그리우면
양떼를 짐작하는 양털구름 그려 보고

기분이 우중충하면
시커먼 먹구름으로 하늘을 덮어 볼 터

여름날
하늘을 휘젓는 바람은

내 마음처럼
항상 분주하다

나무는 알고 있다

남풍이 불면
나무가 아파한다

끙끙 윙윙
신음 소리를 토한다

나무는 알고 있다
머지않아 찾아올 빗님의 방문을

남풍이 불면
늙은 아낙들은 몸을 뒤튼다

남풍이 불면
나무들도 몸을 뒤튼다

나무와 사람 사이
보이지 않는 동심원(同心圓)이 있다

까치의 다짐

아카시아 초록 잎 가지 위 우두커니 홀로 앉아
시름에 잠긴 채 외로움을 삼킨다

내 곁을 지키던 단짝 나를 버리고
어느새 새집 지어 신접살림 차렸네

몸맵시 하나 못 가다듬고
오두막 한 채 가지지 못한 나

한 해의 끝은 아직도 먼데
켜켜이 쌓인 이 설움 어찌할꼬

아니야
이건 아니지

이제라도 날개 다듬고
몸매 가꾸어

힘차게
창공을 날아 보자

물 한 모금 마셔 가며
구애의 목소리도 남자답게 다듬고

예쁜 색시 맞아
무지개 같은 사랑을 하리라

더 이상 「루저」가 되지 말자
게으른 일상을 맞아서는 안 되지

다가오는 새봄
근사한 살림집 차려 놓고

자식새끼 품에 안고
오순도순 살아갈 터

매미

전생의 긴 침묵
그렇게도 서러웠던가

아침 이슬 한 모금
소박한 조찬

이제
목이 쉬도록 외치는 숙명의 아우성

산야를 뒤흔든
임무가 끝나고

이승을 떠나는
내 육신의 얼개

여름방학 끝난
초등학교 표본실

까르르

웃음소리에 묻힌다

우화(羽化)한 지

겨우 보름 뒤의 일이다

뻐꾸기는 숨어서 운다

자식 버린 어미의 심중
헤아려 본 적 있는가

생전에 쌓은 허물
스스로 허물지도 못한 채

얼음장 같은 가슴을
업보로 되돌려받고

남의 품에
내 분신(分身)을 넘겨야 하는

숙명의
탁란(托卵)

설움에 몸을 떨며
목이 터져라 하고

내 새끼

불러 보건만

고해(苦海)의 숲속에선

무거운 침묵이 흐르고

이 봄

오늘도

뻐꾸기는

숨어서 운다

눈이 버리면

가뭇한 나뭇가지
하얀 옷 입고

먹이 찾는 까마귀
마중 나왔네

소복소복 쌓인 눈길
끝없이 이어지고

길 잃은 나그네
시름만 깊어 가네

멀리서 개 짖는 소리
컹컹 울리고

눈에 젖은 겨울 밤
밝기만 하다

코스모스

코스모스 너를 보면
왜 눈시울이 젖는 걸까?

가냘픈 순정 때문인가
미풍(微風)에 고개 숙인 애잔함 때문인가

꽃잎에 밴
해맑은 이슬은

떠돌다 지친 길손의 시름인가
외로움에 겨워 흘린 쓰라린 눈물인가

다시 또
찬바람 불어오면

속절없이
떠나야 할 숙명을 알기에

오늘도
너는

두려움에
몸을 떤다

무당벌레

찔레나무에 앉아
분주히 움직이는 무당벌레

빨간 등 위에 검은 점찍어 놓고
푸닥거리를 하고 있다

28개를 찍은 놈
7개를 찍은 놈

잘생긴 내 얼굴 보란 듯
날갯짓하며 몸매를 뽐낸다

느티나무에 앉아
외로움 달래던 산비둘기
시장기 못 참고
주술(呪術)에 끌리듯 다가왔다

현옥된 눈동자에 설레임이 흐르고
입속에 군침이 주르르

무당은
경고한다

장미엔 까칠한 가시 있고
내겐 독배의 잔이 가득하다

머뭇머뭇
뒷걸음질하는 까치

겉모습만 보고
혹(惑)하는 것이 아니었다

어리석었음을 뒤늦게나마
깨닫고 있는 것일까?

강낭콩

좁은 방에서 이불자락 끌어 대며
씨름하던 지난날 다 보내고

이제 널찍한 방 하나 장만하여
오손도손 웃음바다 식솔들

모진 비바람 다 견뎌 내고
알알이 맺힌 그대들의 은근함

뜨끈뜨끈 군불 방
맨몸 지지며

다부진 꿈
몽글몽글 영근다

이른 가을 어느 날
시골 아낙의 굳은살 손가락

여릿한 칸막이 벽
드르륵 허문다

아! 와르르 무너지는
형제간의 유대

아늑한 집 순식간에 사라지고
그들은 뿔뿔이 헤어진다

회자정리(會者定離)라 했던가
누구든 만나면 이별은 예정되어 있다

단풍

뜨거운 여름 견디며
불쑥불쑥 자라난 내 분신들

찬 서리 내리자
목숨 줄 끊기 위해

비통한 마음으로
단수(斷水)를 지시한다

빨강과 황금색으로 물들어 감은
또 다른 이별의 긴 여정
그것은 더위 먹고 이겨 낸
고혈(膏血)의 분사(噴射)

어미는 애절한
눈물을 토한다

그대들은 아는가?
황홀한 감탄 뒤에 숨어 있는 곡절

허물어지는 잎새들의 신음 소리
세인(世人)의 감정을 들쑤신다

가을 들길

이어폰 귀에 꽂고
가을 들길을 걷는다

귀는 감미로운 멜로디에 호강하고
눈은 풍성한 들녘 전경에 활홀하다

코스모스 수줍게 미소 띄우고
구절초는 향기 나누며 맵시를 뽐낸다

흐드러진 벌개미취 길섶을 뒤엎고
자줏빛 쑥부쟁이꽃 기개를 자랑한다

하늘엔 뭉게구름
강이 되어 흐르고

바람은 산들산들
콧등을 스친다

깊어 가는 가을 밤
풀벌레 노랫소리

내 가슴을
데워 주네

4부

추억의 뒤안길에서

선대(先代)에서 이어 온

고달픈 삶의 여정이지만

그 속에서 캐어 낸 경륜과 지혜

가보처럼 물려받아 오늘을 산다

섬마을 풍경 1962년(I)

밤이 새도록 들끓으며
포효하던 파도

새벽녘 마실 나온 그믐달 힐긋
지친 몸 내려놓고 잠시 눈을 붙인다

포말(泡沫)의 함성에 잠을 설친 섬마을에
비릿한 아침이 찾아오면

가뭇한 초가지붕 위에
따스한 햇살이 소리 없이 내리고

빛바랜 황토색 굴뚝에는
솔갈비를 태운 매캐한 연기

모락모락
먼 길을 떠나고

구수한 보리밥 짓는 내음
코끝을 스치며 마을 어귀로 넘나든다

바지락 국물에 밥 말아 한 입
묵은 김치 한 가닥 질겅질겅 씹은 새색시
먹는 둥 마는 둥
허겁지겁 아침 요기 끝낸 그녀
찌든 때 얼룩진 무명수건 머리에 말아 얹고
선착장으로 발을 옮긴다
때맞춰 그녀를 기다리던 동갑내기 아낙
살가운 미소로 동료를 반긴다

전마선 밧줄 끌어 배가 닿자
잽싸게 뛰어올라 삿대를 잡는다

소나무 숲 우거진 맞은편 섬산
소복소복 쌓인 땔감 찾아 노를 젓는다
젊은 색시 노 젓는 솜씨는 수준급
삐걱삐걱 거센 물길을 가른다

배 뒤켠 고물에는 식은 밥과 물통

점심 끼니로 대기 중이고

배 바닥에 널브러진 갈고리와 새끼줄
뱃전 치는 파도에 맞춰 요동을 친다

섬마을 풍경 1962년(Ⅱ)

늦가을 오후 햇살이 무뎌지고
섬마을 초가에 짙은 그늘 드리우면

해변에는 썰물이 빠지고
기름진 개펄 맨살이 드러난다

때를 놓칠세라
갯가로 우르르 몰려오는 마을 사람들

어떤 아낙은
바구니와 호미

또 다른 아낙은
뾰쪽한 조새와 광주리를 챙겨 간다

때맞춰 학교 파한 사내아이들
호미와 동우리 옆구리에 끼고

휘익휘익 휘 바람
갯가로 달음박질

갯돌에 붙은 굴(石花)
조새로 쪼아 대는 젊은 아낙네

어쩌면 저토록
야무지게 굴을 까내는지

개펄 바닥 호미로 토닥토닥
바지락 캐는 외딴 집 아낙의 기막힌 솜씨

호미든 소년 갯바닥을 긁자
여기저기 구멍 송송
부글부글 거품이 솟는다
집 주인의 응답에 아이들은 싱글벙글
낯선 집에 된장물을 붓고 멈칫
생명체를 깨우는 각성제를 넣은 셈
준비한 갈매기 깃털
터널 속에 집어넣고 빙글 빙글

잠시 후
깃털을 밀어내며 나타난 생명체

귀찮게 구는
낯선 침입자에 화가 단단히 났다

어라!
그곳에 살고 있던 녀석의 정체는?
쪽이라 불리는
갯가재 있다
끓는 물에 살짝 데쳐
갑옷 같은 껍질을 벗겨 내면

알맞게 익은 선홍색 속살
감칠맛 나는 쫀득한 식감의 별식이다

아이들은 연달아 잡아 올린 먹이 사냥에
신바람이 난 듯 싱글벙글

물이 빠진 널찍한 개펄
눈에 익은 생명체의 사생활을 훔쳐본다

하늘에서 떨어진 별
제 갈 길을 잃었던가
"스타피시"라 불리는 불가사리
모래 틈에 몸을 숨긴다

물속에서 마실 나온 짱뚱어들이
툭 튀어나온 두 눈을 부릅뜨고
뒤뚱뒤뚱
배밀이를 하고 있다

바지락 캐던 아낙 흠칫 놀라
벌어진 입 못 다물고
잽싸게 바구니에 주섬주섬 담아 넣고
콧등에 밴 땀을 훔치네

따스한 햇살이 그리웠나
산책 나온 검은 등 농게 무리
옆걸음질로 달리기 시합을 하더니
갈매기 울음소리에 깜짝 놀라
제 집으로
쏘옥 숨는다

늦잠에서 깨어난 느림보 갯지렁이
온몸을 비틀대며 일광욕을 즐긴다

샛바람 타고 온 검은머리물떼새
목숨 줄 놓은 홍합살 쫓기에 넋을 잃고

개펄 속에 몸 순긴 백합
긴 혀를 내밀고 갯바람을 쐰다

부러진 엿가락 닮은 맛조개
칙칙 물을 뿜으며 방어진을 치는 듯

굴 따는 아낙의 바구니를 기웃기웃
꼬마물떼새 한 쌍이 애를 태운다
시장기를 못 참고 틈새를 노리는 모습
오늘따라 귀엽기도 하네

아!
한 폭의 그림 같은 해변 풍경

신이 만든 자연의 무대

출연자 모두 사신의 역할에 분주하다

어느덧
서산에는 해가 기우고

간들바람이 두 뺨을 스칠 무렵
빠졌던 썰물은 밀물이 되어

비었던 개펄을
덮는다

이제
이 자리를 비켜 줘야 할 시간
이곳 방문객들 짭조름한 바람 맞으며
서서히 자리를 뜬다

섬마을 풍경 1962년(III)

선창가에 졸고 있던 통통배 한 척
밀물을 맞으며 부웅 떠오르고

물결에 흔들흔들
기지개 켜며 몸을 푼다

딸만 일곱 키운 박 첨지
이웃들이 이름 붙인 칠딸이 아빠
막걸리 안줏거리 장만하려
배에 올라 시동을 건다

이른 아침녘
앞바다에 펼쳐 놨던 그물 향해

짧은 항해를
시작한다

어쩐지 예감이 좋다
숭어, 놀래미, 볼락어

어디 이 녀석들뿐이랴
길을 잘못 든 오징어 가자미

살려 달라 애원하며
콧등을 비비며 몸부림친다

전리품을 주섬주섬
함박처럼 벌어진 입 못 다물고
서둘러
섬으로 향하는 칠딸이 아빠

섬마을 풍경 1962년(IV)

어둠이 짙게 내리고
마을에는 희미한 등불이 하나둘

등잔불 켜는 집
호롱불 켜는 집

그들은
불편함을 모른다

아마도
편리함을 가질 기회가 없었기에

그들인들
왜 문명을 맛볼 뭍이 그립지 않았겠나

그러나
포도송이처럼

주렁주렁 매달린 식솔들 이끌고
하늘이 내린 이 개펄과 바다
차마 버릴 수가 없었기에

그들은 오늘도
더 바랄 게 없는 듯 초연함을 보인다

선대(先代)에서 이어 온
고달픈 삶의 여정이지만
그 속에서 캐어 낸 경륜과 지혜
가보처럼 물려받아 오늘을 산다

여인들은
삭신이 쑤시고 온몸이 찌뿌둥할 때

어부들은
밤하늘의 달무리를 보고

빗님이 오심을
감지했다

한밤중 유난히 빛나는 별을 보고
폭풍우를 예감했다

서쪽 하늘에 붉은 노을이 드리우면
함박웃음 가득 고기잡이에 나섰다

해가 중천에 뜨고
뱃고동 울리는 여객선이 앞바다 지나면
좁은 부엌을 들락날락 아낙네
점심상 보느라 달그락달그락

그들은
장마의 전조까지 알아차린다

좀이 쓴 문설주 틈새로
분주히 오가는 개미 떼를 보고 대비를 한다

이른 아침
우르르 인적이 모이는 선착장을 보고
닷새장이 열리는
읍내를 떠올린다

돌아가며 장보기에 나서는
그들의 살림 셈법

소금 한 되, 등잔기름 1병, 비누 2장
꼬깃꼬깃 지폐와 쪽지를 건넨다

품앗이를 주고받고
일용품을 장만한다

마침내
집집마다 마련한 먹거리

거뭇거뭇 나무 밥상에 펼쳐 놓고
느긋한 만찬을 즐기는 가족들

손발만 바지런히 움직이면
누구나 쉬이 얻을 수 있는
끝없는 찬거리 보고
개펄과 바다

그러나

그들은 잘 알고 있다
먹을 만큼 취해야
살아갈 수 있다는 것
부족하다고 느낄 때
마음을 비워야 한다는 것
그래야만
자신들의 미래가 보장된다는 것

긴 하루가
이렇게 마침표를 찍는다

희미한 등잔불과 호롱불이 꺼지고
섬마을은 자취를 감췄다

이 집 저 집에서
코 고는 소리가 요란할 즈음

물장구치며 파도 타는 야광충 무리
등대불빛처럼 반짝반짝

해변에 산책 나온

수많은 별들

소곤소곤
사랑을 속삭이며

뜨거운 밤을
더욱 달군다

쏴아 하고 밀려오는 파도 소리
엄마의 자장가 되어

고요한 섬마을을
다독다독 잠재운다

북어

지금
내 추억은 까맣게 타 버리고

더 이상
숨 쉬기조차도 버거워

겨우 1% 수분이
뜨거운 내 가슴을 달랜다

맞은편 어물전을
흘끗흘끗

서로를 보듬고
다정스레 얘기를 나누는 옛 친구들

간간히 뿌려 주는 소금물을 빨아 먹고
아직도 늘씬한 몸매를 뽐낸다

아! 옛날이여
내 꿈이 영글었던 드넓은 대양

그리고
멀고도 길었던 고해의 길

이제
홍진에 찌든 내 육신은

무덤 앞의 주검처럼
하얀 모시로 이승의 자국을 씻고

마침내
난타된 내 영혼

마지막 시공(時空)의 길목에서
부르르 몸을 떤다

호텔 캘리포니아

「이글스」가 이 노래를 부를 즈음
정작 캘리포니아 호텔은 없었다

오직
노랫말에 이름 올린 가상의 호텔이었을 뿐

7분 10여 초의 긴 선율이
어둑한 클럽의 플로어에 흐르기 시작하면

그는
미친 듯이 춤을 추었다

유일한 고객이자 주연이 된
그를 위해

피 끓는 4인조의
라이브 영상이

땀이 밴 스크린 위에
요동을 친다

카리브 해안이 보이는
외딴 도시 이곳에

그는
무슨 사연을 안고 왔던가?

음악은 아직도
끝날 줄을 모르는데

왜
그의 눈시울은 젖고 있나

이토록 강렬한 멜로디 속엔
분명 영혼을 울리는 메시지가 있을 터

노래의 첫마디는
이렇게 시작된다

"어둠이 깔린 사막의 고속도로로
차가운 바람이 머리를 스친다"

그리고
마지막으로 남긴 말 한마디

"그대는 여기를
영원히 떠날 수 없으리라"

노래는 끝이 나도
빗발치듯 기타 줄의 곡예가 이어지고

마침내
길었던 광란의 굿판은 막을 내린다

그들이 맛본
최고의 한 끼

찌든 때 더덕더덕 시커먼 책 보따리
허리 한 바퀴 둘러 질끈 동여매고

재 넘어 10리 길
이웃 마을 달려가는 형제

쓰러질 듯 허름한 목조 건물이
그들을 반긴다

삼삼오오 무리 지어
바쁜 걸음 재잘재잘

학생 수 50여 명이 고작
이른바 섬마을 초등학교

이 고장 유일한 배움 터전
문맹을 깨우는 학당

오전 수업 끝낸 형제
두 손 맞잡고 잰걸음으로 집을 향한다

등짝까지 붙어 버린 뱃가죽 움켜쥐고
사립문 밀려 집 마당 들어선다

아버진 고기 잡으러 먼바다로
엄만 바지락 등짐 메고 읍내 장터

몇 닢만 달라는 자식새끼 뿌리치며
달달한 눈깔사탕 언약(言約)한 엄마

벌써 입속엔 군침이 가득
연년생 형과 아우 꿀꺽꿀꺽

하지만 지금은
허기진 배 속을 달래야 할 때
뒷간 기둥에 매달린 보리밥 바구니

두 손으로 탈탈 털어 바가지에 담는다

고추장 듬뿍 열무김치 한 움큼 넣고
쓱쓱 쓱쓱

먹거리 셋은 서로에 익숙한 듯
사이좋게 의기투합을 한다

현란한 손놀림 지켜보던 아우
짧은 혀 굴리며 숟갈을 집어 든다

내 한입 먹고
아우 한 입

또 한 입 넣고
김치 국물 후르륵

아!
꿀맛 같은 이 한 끼

어느 누가 감히

소박한 이 밥상을 평할 수 있으랴

이 세상 어느 성찬과도 견줄 수 없는
최고의 오찬

오순도순 두 소년의 행복한 특식
마파람에 게 눈 감추듯 끝이 나고

매운맛 훨훨 타는 입속
찬물 한 보시기 꿀꺽

겉으론 볼품없는 헛헛한 이 한 끼
뜻깊은 이치는 훗날 깨닫게 되리라

어느 누구도 빼앗을 수 없는 이 순간
뿌듯함 강물 되어 가슴으로 흐르고

두 손을 맞잡은 형과 아우
줄달음으로 선착장을 향한다

한여름 밤의
풍경 1959년

도리깨질에 흠씬 얻어맞고
만신창이 된 보릿대 한 아름 깔아 놓고

생솔갱이 듬뿍 얹어
성냥불 켜는 만석 영감

평생 날품팔이 신세
언젠가는 만석지기가 꿈이었던 그
그러나 그 소망은
물거품처럼 사라지고

어느새 60이 훌쩍 넘어
쪼그랑 망태 기 빠진 늙은이 신세

죽기 살기로 식솔을 괴롭히는 모기 떼
유일무이한 방패는 모깃불

고통의 여름밤을 견디기 위해
그가 숙제처럼 해내야 할 일과다

간들바람이 잠깐 머무는 평상
옹기종기 가족들 붐비고

며느리가 갓 삶아 낸 옥수수와 감자
함지박에 누워 모락모락 김을 토하자

허기진 배 속
식솔들의 군침이 꿈틀꿈틀

후다닥 마파람에 게 눈 감추듯
순식간에 사라진 저녁참

앞니가 몽땅 빠지고
주름진 이마에 세월 감춘 금촌 할매
때 낀 손톱 끝으로
토실토실 옥수수 알갱이 뜯는다
한 알 한 알 입속
우물우물 그대로 입속으로

침 흘리며 지켜보는 손주의 성화
먹다 남은 옥수수자루 건네지고

배 움켜쥐며 울부짖는 막내 손녀
할머니 무릎 위에 배를 내민다

"내 손이 약손이다"
"내 손이 약손이제"

가냘픈 손녀의 흐느낌
어느새 사라진다

깊은 밤 별들은 반짝반짝
개똥벌레가 여름밤을 밝힌다

이미 꿈나라도 날아간 손주
입속에 담긴 알갱이 데굴데굴

온몸을 뒤척이는 손주 녀석
두 다리를 팽개치며 몸부림친다

"아이구 우리 강아지 잘도 크네"

"우리 장손 잘도 크네"

할멈은 중얼중얼

만석 영감 히죽히죽

감꽃의 추억

그대들은 갓 떨어진 감꽃을 먹어 봤나요?
씹으면 사각사각 텁텁하고 밋밋한 그 맛

어릴 적 감꽃이 필 때면
새벽잠 설치고 감나무 아래로 달려갔다

오른발로 나무 밑동을 툭 차면
우수수 떨어지는 감꽃이 얼굴을 어루만진다

데굴데굴 꽃 속
꿀벌들이 윙윙

그들의 구역이라 주장하는 벌 떼
나의 권리라 우기는 아이

두 세력 사이에
보이지 않는 충돌이 일고 있다

소년은 떨어진 감꽃을
주머니에 주섬주섬 듬뿍듬뿍

해가 중천에 뜨고
배 속이 허전해지면

살짝 마른 주머니 속 곁두리 불러내어
남 몰래 입가심한다

꽃술에 담긴 꿀
최상의 맛으로 숙성되어 혀끝을 감돈다

철부지 아이가 무얼 알겠는가
떫은 날것이 원숙한 맛으로 태어나는 이치를

내일 아침엔
갓 떨어진 감꽃 주워 모아

소담스런
장신구를 만들 터

탱자나무 가시로 탱글한 꼭지에 구멍 뚫어
동그란 목걸이 손 팔찌 엮어

길 건너 모과나무 집
숙희에게 선물할까?

상상만 해도
가슴이 쿵쿵

지금도
감꽃이 피는 오월이 오면

아직도
두근두근 뛰는 내 가슴

그 시절이
눈물겹게 그리워진다

시골 장터 1960년(I)

닷새에 한 번씩 서는
장날이 찾아오면

이곳 장터 마을은
이른 아침부터 들썩인다

아이 어른 구분 없이
막연히 기대감에 부푼다

북슬강아지도 낌새를 느꼈는지
사립문 앞 서성이며 꼬리를 흔들어 댄다

강 건너 절름발이 노랭이 영감
장꾼들을 끌어모아 길 떠날 채비를 한다
이런저런 짐을 가득 실은 낡은 수레
삐거덕삐거덕 소리 내며 힘겨운 여정

낡은 수레 이끄는 노새 고삐 당기며
절뚝절뚝
빛바랜 검정 고무신 질질 끌며
연신 뱉은 기침을 토한다

시아버지 제사상 제수거리 걱정으로
밤잠 설치던 평촌댁 아지매
쌀 반 말
등짐 지고
계란 세 꾸러미 꽁꽁 싸맨 보자기
비녀 낀 쪽머리 따리 위에 얹어
종종걸음으로
길을 나선다
쌀과 계란 팔아 돈을 사겠노라며
거뭇한 콧잔등 실룩거리다
사과 2개, 배 1개, 굴비 3마리
머릿속에 집어넣고 연신 중얼중얼

옆집 사는 덕촌댁도 보따리 챙겨
그녀 따라 장길을 나선다
며칠 전

먼지 뒤집어쓰며
깻단더미 떨어
두어 되 남짓한 튼실한 참깨
삼베 자루에 싸매고
한 손에 든다
비바람 마주하며 이겨 낸
논두렁콩 반말을 봇짐을 지고 간다
강냉이 2개, 쑥떡 4개
자루 속에 넣고 침을 꿀꺽
평촌댁과 함께 나눌
오늘의 점심 메뉴다

논밭 한 떼기 없는 대나무골 돌쇠영감
삼일을 꼬박 긁어모은 솔갈비 등짐 지고
이마에 번지는 구슬땀 쓸어 가며
산고개 비탈길을 뒤뚱뒤뚱
벌써 입속엔 군침 가득
막걸리 한 사발에 기름 둥둥 고깃국
그래! 이 나뭇짐
10원 족히 받아 내리라

시골 장터 1960년(II)

해가 중천에 뜨고
장터는 북적북적

먼저 가축 시장으로
슬슬 떠나 볼 터

누런 황소 두 마리 오줌을 질질
어슬렁어슬렁

임시 우리 속 토실토실 돼지 새끼들
앞가림도 못 한 채
연신 꿀꿀
먹이를 구걸한다

허연 거품 입에 문 늙은 수돼지
질근질근 주둥이를 여닫는다

두 발이 꽁꽁 묶인 수탉 3마리
푸드득 푸드득 꼬기요 억울한 울음을 터트린다

두이레 지난 듯한 강아지 새끼들
철없이 꼬리 치며 새 주인 찾고 있다

다시 발길을 돌려
어물전으로 옮겨 본다

트럭에 한가득 우렁쉥이
주르륵 땅바닥에 쌓이자

긴 여로에 멀미가 났는지
칙칙 물총을 쏘대며 하품을 토한다
어디엔가 숨어 망을 보던 악동들
한두 개씩 집어 들고 줄행랑

마파람 맞으며 캐어 낸 튼실한 바지락
섬 동네 아낙 봇짐에서 단잠 끝내고
고무 대야 얕은 물에 몸을 담그고
짧은 혀 내밀며 장꾼들을 노려본다

갯바람에 거뭇거뭇 그녀의 귓불
오늘따라 유난히 바지락을 닮았다

갓 잡아 온 볼락어 무리
대야에 누워 입을 삐죽삐죽
갑자기 두 눈을 부릅뜨며
펄떡펄떡
이른 아침 앞바다 통발에서 잡힌 녀석들
물통에 담겨 지게 타고 십 리 길
이웃 마을 갯가 어부
천수 영감의 전리품이다

은색 옷 리본 같은 갈치들도
날씬한 몸매 뽐내며 좌판에 누워 있다

시골 장터 1960년(Ⅲ)

햇살이 두터워진 장터의 공터
한바탕 시끌시끌 장꾼들이 몰려든다

약장수가 나타났다
빨간 코 피에로와 각설이

엉덩이를 맞대고
요상한 춤을 춘다

"애들은 집에 가"
"아이들은 보면 안 돼"

못 마땅한 꼬마 녀석들
앉은뱅이걸음으로 어른 뒤로 숨는다
약장수의 입담이 쏟아진다
걸쭉한 농담에 19금 패설
장꾼들의 마음을 송두리째 뺏는다

"자! 까닭 없이 생긴 배탈 설사"

"갑작스런 두통과 어지럼증에"

"요것만큼 좋은 약"

"세상 어디에도 없소"

"여기

만병통치약이 왔수다"

앞니가 몽땅 빠진 뒷마을 합죽이 영감

품속 깊이 감춘 쌈지를 꺼내자

옆자리 황 첨지 힐끔힐끔

꼼지락꼼지락 지폐를 만지작

그 모습 지켜보는 약장수

묘한 웃음 지으며 짐짓 딴청

이윽고

배 속이 허전해지는 점심나절

어시장

귀퉁이에 자리 잡은

국밥집 앞마당

가마솥엔 돼지국이 부글부글
손님맞이 정신없는 복순댁
기름진 두꺼비 콧등에 땀방울 송글송글

"여기 탁배기 한 주전자요"
"돼지고기도 한 접시"

"예, 예 갑니다"
숨 가쁜 뚱보 주모

넉넉한 엉덩이
요동을 친다

강 건너 소나무골 황 첨지
막걸리 한 사발 거침없이 쭈욱
턱수염에 맺힌 희멀건 술 방울
한낮 햇살 머금고 빙글빙글 맴돈다

짚방석에 둘러앉은 느긋한 주객들
쌈짓돈 매만지며 빈 술잔 노려보고

발그레한 얼굴 얼큰한 취기
웃음과 담소가 더운 공기를 내친다

어느덧
서산에 해는 뉘엿뉘엿

붉은 노을이
서쪽 하늘을 물들이고

임무를 끝낸 태양과 장꾼들
서서히 떠나갈 채비를 한다

「페르시아시장」
이 음악을 접한 적이 있던가?

이 멜로디의 마지막 터미널
파장(罷場)의 그늘이 장터에 깔린다

자신들의 일상을 찾기 위해
헛헛한 마음으로 게으른 발걸음

이튿날 새벽
아주 기이한 일이 벌어졌다

점순이와 둘녀
졸린 두 눈 비비며 장터에 나타났다

장돌뱅이나 술꾼들이
땅을 칠 실수를 했다면

혹시 떨어트린
지폐나 동전 몇 닢

그 아득한 확률을 찾아
두 눈을 부릅뜨고 그물망을 친다

아마도

그들이 이런 일을 계속하는 걸 보면

드문 일이긴 해도
한두 번은 뜻을 이룬 것 같기는 했다

하지만
앞으로도 이런 법석이 이어질지는

아무도
모를 일이다

시골 장날이 오면
다음 날 새벽까지

웃지 못할 소란이
벌어지고 있다

5부

사랑 그리고
영혼의 속삭임

내 죽어 무덤에 묻히면

내 영혼의 그림자 되어

거룩함을 노래하며

영겁(永劫)의 시공(時空) 함께하리라

아이의
어느 아침 모습

내 나이 일흔 앞둔 어느 뜨거운 여름날
이제 막 30개월에 접어든 귀염둥이 민호

어미 새가 제 새끼 입속에 먹이 집어넣듯
민호의 아침밥 먹기가 그것과 비슷하다

오늘따라 유난히 칭얼대며
유아원 가기 싫어하는 녀석

뽀로로 영화 더 보겠다며
어깃장을 놓는다

하삐가 업어 줄까?
대답은 없지만 싫지는 않은 듯

고사리처럼 부드러운 아이의 두 손
뻣뻣한 내 목덜미를 감싼다

아! 가슴 깊이 밀려오는 짜릿함
소박하지만 아무나 느낄 수 없는 희열

"함께 노래 불러 볼까?"
"엄마가 섬 그늘에 굴 따러 가면…"

이제사 기분이 좀 나아진 듯
등에 업힌 채 물장구치는 아이

이윽고
유아원에 도착할 무렵

깍지 낀 손바닥에
따스하게 전해지는 야릇한 이 느낌은?

"으악!"
"민호 응가 했지?"

조금 어색해하는 민호
까르르 웃음으로 얼버무린다

그래!
이런 건 아무것도 아니지

머지않아 맞게 될
험준한 여정을 생각하면…

부디
맑은 영혼 뜨거운 가슴으로

뚜벅뚜벅
네 갈 길을 헤쳐 나가렴

2015. 7

민호 할애비 씀

윤서에게

두세 달 지나면
첫돌을 맞는 윤서

이제야 날 보면 방긋방긋
아는 체를 한다

태어난 지 예닐곱 달이 지날 때까지
날 보면 울기만 했던 너

자주 못 봐 낯설었던지
아님 따뜻한 눈길이 그리웠던지

수십 번 지워 가며 예쁜 이름 짓느라고
고심했던 할애비의 심중은 아무도 모를 터

믿음과 진실을 품은
착한 아이로 자라 달라는

네 이름 윤서의
뜻말이란다

엄마 아빠에게 첫째 딸은
보석 같은 존재

부디
아침 이슬 머금은 영롱한 꽃잎처럼

해맑은 영혼과
뜨거운 가슴으로

너의 길을
찬찬히 헤쳐 가렴

그러나 그 길이
결코 순탄치는 않을 것임을 새겨 두고…

2015. 10
낙엽이 물드는 깊어 가는 가을밤에
할애비가 쓴 쪽지

또 다른 아이의
또 다른 모습

우리 나이로
세 살배기 윤호

너의 형에게 쏟은 지나친 사랑 때문에
너에게 다소 소홀했던 게 미안하구나

그래서인가
나를 보면 애써 피해 버리는 눈길

이 할애비 선입견만은
결코 아니리라

윤호!
넌 정말 고집이 대단하지

가족 중 어느 누구도

감당할 수 없는 너의 까칠함

꼿꼿이 치솟는
너의 머리카락이 말하고 있지

그러나
이 할애비 잘 알고 있단다

어릴 때 보이는 강한 의지는
청년기에도 뜨거운 정열로 이어지고

튼튼한
자산이 된다는 것

네겐 이미
미래의 꿈이 영글어지고 있다는 증거란다

하지만
인생이 지녀야 할 가치는

탄탄한 재력과

세상과 타협하는 능력이 아니고
사람으로서 갖춰야 할 덕목과 인격
그리고 뜨거운 가슴이란다

아마도 넌
이 훌륭한 목표를

반드시
이뤄 낼 것이라 믿는단다

2018. 12

할애비의 쪽지

내 그림자에게

때로는 앞쪽에서 혹은 뒤편에서
때로는 왼쪽과 오른쪽에서

늘 나를 지켜 주는
수호신 같은 은인

술에 취해 흔들거려도
함께 어울려 주는 친구가 되고

몸살을 앓아 끙끙
신음하며 뒤척여도

방바닥에 엎드려
아픔을 같이하는 너

내 죽어 무덤에 묻히면
내 영혼의 그림자 되어

거룩함을 노래하며

영겁(永劫)의 시공(時空) 함께하리라

등대가 전하는 말

짙은 해무(海霧)를 헤치고
잿빛 격랑 몰고 온 너의 포효
반가이 맞을 수 없구나
나는

내 가슴에 녹아드는
너의 분신 하얀 포말(泡沫)
사랑할 수 없단다
나는

절규도 아니고
분노도 아닌
질곡(桎梏)과 인고의 세월을
감내할 수 없기 때문이야
나
혼자서는

억새풀의 노래

눈부신 푸른 하늘
반짝이는 햇살

억새꽃 이삭
익숙한 몸짓

지난 태풍
모진 비바람 견뎌 내고

드디어
일궈 낸 의젓한 아우성

은색 물결 일렁이며
추억을 쌓아 간다

찬 서리 내리고
가을 새 찾아오면

솜털 꽃씨 한 줌 뽑아
내 소식 함께 전해 주렴

참회

차가운 빗줄기에 몸을 맡긴다
애당초 우비(雨備) 없이 집을 나섰다

빗물이 눈 위를 때리고
바람마저 세차다

빗물이 눈물 되어
양 볼을 적신다

비바람아!
더 세차게 뿌려다오

더 강하게
나를 때려다오

이 모진 빗줄기에
내 육신이 뚫려도

내가 내디딘
부끄러웠던 자취와 과오
손톱만큼이라도
씻겨질 수 있다면

내 기꺼이
피하지 않으리라
너의 매질을

신에게 물었다
내 영혼에게도 물었다

그들은 대답한다
다 내려놓으면 길이 보일 거라고

중독

담배 연기 짜릿함에 못 벗어난
니코틴 흡입자

알코올의 마력
떨치지 못하는 술독의 망령

홈쇼핑 레이저
피하지 못하는 심약한 여심

화투장 그림 찾기
장땡 삼팔 광땡 타짜들
인터넷 게임 빠진
시뻘건 눈동자 허약한 영혼들

한입 가득 또 한입 가득
잡은 수저 떨치지 못하고
폭식과 과식을 반복하는

식중독에 빠진 제어 불능 탐식가

주색잡기 날밤 새우기
일 년 열두 달 난봉꾼

도서관만 제집인 양
하루 종일 책과 씨름 공시광

각양각색
계층은 다르지만

자신만이 볼 수 있는
무지개만 쳐다보는

허망한
열정가들

겨울 풍경

메마른 나뭇가지에 앉아
메말라 버린 이 계절을 원망하며

메마른 울음을 토하는
메말라 버린 까마귀 한 마리

어둠이 내린 메마른 거리엔
까칠한 찬바람이 선회한다

메마른 바람 타고
흩날리는 겨울 달빛

메마른 내 가슴은
오늘도 겨울을 닮아 간다